百角文库

古今名联佳话

马书田 编著

中国少年儿童新闻出版总社
中国少年儿童出版社
北京

图书在版编目（CIP）数据

古今名联佳话 / 马书田编著 . -- 北京：中国少年儿童出版社，2024.1
（百角文库）
ISBN 978-7-5148-8438-8

Ⅰ.①古… Ⅱ.①马… Ⅲ.①对联 – 中国 – 青少年读物 Ⅳ.① I207.6-49

中国国家版本馆 CIP 数据核字 (2023) 第 254416 号

GUJIN MINGLIAN JIAHUA
（百角文库）

出版发行：中国少年儿童新闻出版总社　中国少年儿童出版社

执行出版人：马兴民

丛书策划：马兴民　缪　惟	美术编辑：徐经纬
丛书统筹：何强伟　李　橦	装帧设计：徐经纬
责任编辑：冯广涛	标识设计：曹　凝
责任校对：夏明媛	封面图：赵墨染
责任印务：厉　静	

社　　址：北京市朝阳区建国门外大街丙 12 号	邮政编码：100022
编 辑 部：010-57526123	总 编 室：010-57526070
发 行 部：010-57526568	官方网址：www.ccppg.cn

印刷：河北宝昌佳彩印刷有限公司

开本：787mm×1130mm　1/32	印张：3
版次：2024 年 1 月第 1 版	印次：2024 年 1 月第 1 次印刷
字数：50 千字	印数：1—5000 册

ISBN 978-7-5148-8438-8	定价：12.00 元

图书出版质量投诉电话：010-57526069　　电子邮箱：cbzlts@ccppg.com.cn

序

提供高品质的读物，服务中国少年儿童健康成长，始终是中国少年儿童出版社牢牢坚守的初心使命。当前，少年儿童的阅读环境和条件发生了重大变化。新中国成立以来，很长一个时期所存在的少年儿童"没书看""有钱买不到书"的矛盾已经彻底解决，作为出版的重要细分领域，少儿出版的种类、数量、质量得到了极大提升，每年以万计数的出版物令人目不暇接。中少人一直在思考，如何帮助少年儿童解决有限课外阅读时间里的选择烦恼？能否打造出一套对少年儿童健康成长具有基础性价值的书系？基于此，"百角文库"应运而生。

多角度，是"百角文库"的基本定位。习近平总书记在北京育英学校考察时指出，教育的根本任务是立德树人，培养德智体美劳全面发展的社会主义建设者和接班人，并强调，学生的理想信念、道德品质、知识智力、身体和心理素质等各方面的培养缺一不可。这套丛书从100种起步，涵盖文学、科普、历史、人文等内容，涉及少年儿童健康成长的全部关键领域。面向未来，这个书系还是开放的，将根据读者需求不断丰富完善内容结构。在文本的选择上，我们充分挖掘社内"沉睡的""高品质的""经过读者检验的"出版资源，保证权威性、准确性，力争高水平的出版呈现。

通识读本，是"百角文库"的主打方向。相对前沿领域，一些应知应会知识，以及建立在这个基础上的基本素养，在少年儿童成长的过程中仍然具有不可或缺的价值。这套丛书根据少年儿童的阅读习惯、认知特点、接受方式等，通俗化地讲述相关知识，不以培养"小专家""小行家"为出版追求，而是把激发少年儿童的兴趣、养成正确的思考方法作为重要目标。《畅游数学花园》《有趣的动物语言》《好大的地球》《看得懂的宇宙》……从这些图书的名字中，我们可以直接感受到这套丛书的表达主旨。我想，无论是做人、做事、做学问，这套书都会为少年儿童的成长打下坚实的底色。

中少人还有一个梦——让中国大地上每个少年儿童都能读得上、读得起优质的图书。所以，在当前激烈的市场环境下，我们依然坚持低价位。

衷心祝愿"百角文库"得到少年儿童的喜爱，成为案头必备书，也热切期盼将来会有越来越多的人说"我是读着'百角文库'长大的"。

是为序。

马兴民

2023 年 12 月

目　录

1　和少年读者谈对联

10　最早的对联

13　最早的扇联

15　"面前人"妙对寇宰相

17　晏殊求对儿得佳句

21　张载苦读而作自勉联

23　苏东坡写联挖苦势利眼

26　只许州官放火；不许百姓点灯

28　"青山有幸"和"白铁无辜"

32　小高明答对讽客

35　小解缙写联斗尚书

38　于谦巧对

42　唐伯虎的谐音异字对儿

46　明朝使臣妙对朝鲜国王

48　叫花子巧对祝枝山

50　要当"潜龙"不做"雏鹤"

52　东林党人的一副名联

54　黄鹤楼的一副楹联

56　台湾郑成功庙的一副对联

58　摇手掌答对下联

61　"南北通州"和"东西当铺"

63　第一个楹联专家的身世联

67　李啸村送郑板桥的"三绝"对儿

70　林则徐少时答对主考官

72　天下第一长联

76　古今小说中的对联

80　缅怀秋瑾烈士联

82　孙中山的一副对联

84　少年鲁迅上对课

87　五四运动中对联显威力

和少年读者谈对联

亲爱的少年读者,看到书名——《古今名联佳话》,你们也许会提出一连串的问题:对联是什么?对联都有些什么用处?从什么时候起有对联的?……好,现在就先说说这些问题。

什么是对联

顾名思义,"对",就是对称、对偶(又叫对仗),也就是两两相对;"联",是相关联的两个句子，这两句必须对仗，而且意思相互有关系。合到一块简单地说，对联就是意思上有关系、形式上对偶的两句话。对联还叫楹联、对子。举个例子：

四化蓝图图图美；

九州春色色色新。

第一句叫上联，又叫上句、出句；第二句叫下联，又叫下句、对句。上下联的字数完全相等，每个词都对得挺整齐。"九州"对"四化"，都是专用名词，每个词的前边还都是数词"九"和"四"；"春色"对"蓝图"，都是名词；"色色"对"图图"，都是名词叠用；"新"对"美"，都是形容词。

多数对联在使用的时候，都配有横额。横额也叫"横幅""横批""横联"。对联都是竖着写的，上下两联分左右两边张贴；横额是横着写的，贴在对联上方的中间位置上。要是拿人的头像打比方，对联就像是左右脸面，横批就像是人的额头，所以也叫"横额"。横额跟对联在内容上互相补充，有的是对联内容的总结，成为点睛之笔。

横批的字数一般比较少，四个字的最多，而且常常用成语。比如：

黄莺鸣翠柳；

紫燕剪春风。

横批是：

春满大地

那么，是不是所有的对偶句都叫对联呢？不是。比如周朝的《尚书》《诗经》，汉朝的赋里，就有一些对偶句，可那会儿还没产生对联。只有对偶的两句话从诗文里独立出来，成为一种新的文学样式以后，才真正产生了对联。

对联的产生

历史上记载下来的第一副对联,是唐朝以后的五代时期。这本书要讲的第一个故事,就要说到这副对联。当时写的对子并不叫"对联",而是叫"桃符"。"桃"是桃木板,"符"是在桃木板上写的神名或是画的神像。挂桃符是我国古代的一种风俗。

到了唐朝的时候,唐诗里对偶句的广泛使用,促进了对联的产生。比如杜甫的《绝句》:

两个黄鹂鸣翠柳,一行白鹭上青天。

窗含西岭千秋雪,门泊东吴万里船。

一二句和三四句全用了对偶,特别工整。

到了唐末,过年的时候,人们就在桃木板上写上对偶的吉祥话,一左一右,贴在大门两边，来代替"门神"。最初的对联——春联，终于产生了。不过，那会儿老百姓写的春联，是不会在史书上留下记录的。这样，五代后蜀皇帝孟昶这个"大人物"写的那副春联，就成了有史可查的第一副对联。其实，对联产生的时代，肯定要比孟昶的时候早得多。

对联这种形式产生以后，受到了人们的喜爱。慢慢地，人们用红纸代替了桃木板，也不单是过年的时候写对联了。对联用的地方越来越广，种类也越来越多。

对联的种类

按照对联的用处，一般分为以下几种：

1. 春联。前边已经讲了，比如：

杨柳吐翠九州绿；

桃杏争春五月红。

2. 门联。常年贴在大门上的，叫门联。比如过去一些有钱的读书人家，常在大门上贴这么一副门联：

忠厚传家久；

诗书继世长。

3. 喜联。送给结婚人家的对联，叫喜联、婚联。比如：

一对红心向四化；

两双巧手绘新图。

4. 寿联。为了祝贺别人过生日送的对联，叫寿联。比如：

福如东海；

寿比南山。

5. 挽联。为悼念去世的人写的对联，叫挽联、丧联。比如有一副悼念秋瑾烈士的挽联：

悲哉，秋之为气；

惨矣，瑾其可怀！

6. 楹联、名胜古迹联。挂在殿堂、住所或者建筑物的柱子上的对联，叫楹联。过去也常把对联叫作楹联。比如，济南大明湖沧浪亭上有一副楹联：

四面荷花三面柳；

一城山色半城湖。

写在名胜古迹上的对联，叫名胜古迹联。上边的沧浪亭楹联就是名胜古迹联。

7. 行业联。三百六十行，像书店、茶馆、酒楼、粮店什么的，全有自己的行业联。

比如，书店联：

欲知千古事；

须读五车书。

8. 赠联、自勉联。送给朋友的叫赠联，写给自己的叫自勉联。

9. 口头对联。一些文人、读书人平时在口头上一问一答作的对子，叫口头对联。

另外，要是从艺术角度分，对联里有回文联、嵌字联、谐音双关联、叠字联、合字联、拆字联、数字联、方位联、比喻联，等等。

对联的故事

对联用处这么广，容量又大——寥寥几个十几个字，就能包含着许多内容。所以，从古到今，有好多人都爱写对联、对对子，留下了许许多多有意思的对联故事，涉及不同历史时期的人物、事件、政治、军事、文化、艺术各个方面。要是全写出来，可太多了，本书就挑了有意义、有代表性，还挺有意思的对联故事，介绍给大家。这些故事，不单是向你们介绍一些对联知识，还要介绍有关的历史人物、政治事件，以及其他知识。可以说，我们这本书，既是一本谈对联的文学知识书，又是一本历史知识书。

最早的对联

　　春节，是我国最热闹的一个节日。每当春节一到，家家户户都爱在大门外贴上一副春联。贴春联这个习俗，已经有上千年的历史了。这个习俗的起源，应当从我们祖先当初挂"桃符"的事说起。

　　传说，早在春秋战国时期，人们把暗红色的桃木削成长方形的板条，钉在大门上，说是能用它赶跑"鬼怪"，消灾灭祸。人们还在桃木板上写上一些"避邪"的符号，要不就画上两个神像——神荼（shū）和郁垒（lǜ）。据说他们是住在山上大桃树下的神仙，看见恶鬼就把它抓去喂老虎。人们把这两位画在桃木板上，一左一右钉在大门上，给自个儿家站岗守卫、镇鬼驱邪，还把他俩叫"门神爷"。那时科学不发达，人们都挺迷信，家家都要挂桃符。

到了唐朝末年，人们过年，有的在桃木板上不再画神像了，而是写上对偶的两句吉祥话。

到了唐以后的五代十国，后蜀的皇帝孟昶让翰林学士（一种很有学问的高级文官）辛寅逊在桃木板上写两句吉祥话，以便挂在自己寝宫门外。辛寅逊写完了，孟昶一看，直摇晃脑袋，不满意。他就干脆自己编了两句写在桃木板上。孟昶写的是：

新年纳余庆；

佳节号长春。

这两句全是吉祥话，是说新的一年开始了，万事大吉；春节一到，美好的春天就来了，万事如意。"长春"还有总是年轻的意思。

这还是个嵌字联（对联里加进有特殊含义的字，叫嵌字联）。头尾嵌上了"新春"两个字，中间嵌上了"佳节"两个字。

孟昶写对联那年是公元964年，他那副对联因为记在了《宋史》等史书上而保存了下来，成为我们今天能看到的最早的一副对联。

大家算算，这副对联距离今天有多长时间了？对，有1000多年了！

最早的扇联

范质是五代后唐进士,在朝廷里做官。后来,他对后唐君臣的腐败无能十分不满,就辞官回家了。范质回到家乡以后,曾经在自己的白纸扇上写了一副对联:

> 大暑去酷吏;
> 清风来故人。

意思是说,让人气闷难忍的酷暑天气,赶紧跟那些贪官污吏一起走吧。扇子一摇,凉风习习,要好的老朋友就要跟清风一道,来我这儿做客了。

这是见于记载的最早的一副扇联。以后，各个朝代都有不少文人喜欢在扇子上题对联，留下了不少好扇联。

"面前人"妙对寇宰相

寇准是北宋有名的宰相。一天，他跟几个同僚聊天儿，写了个上联让他们来对：

"水底日为天上日；"

意思是说，水里的太阳，不过是天上的太阳照出来的影儿。这几个人听了，大眼儿瞪小眼儿，谁也对不上来。

赶巧，诗人杨大年这会儿进来，要跟宰相谈公事。寇准跟杨大年谈完了公事，就把刚才的上联跟他说了。杨大年盯着寇准的眼睛，稍微一琢磨，马上对了一句：

"眼中人是面前人。"

寇准说的是日影，杨大年就对了个人影。我往你眼前一站，你眼珠里就是我的人影，这就叫"眼中人是面前人"！

晏殊求对儿得佳句

　　晏殊是北宋有名的"神童"。他7岁就能写文章，14岁就成了小进士，后来做官一直做到了宰相。

　　晏殊还是当时有名的大词人。后来的一些著名文学家、政治家，比如范仲淹、韩琦、欧阳修这些人，全是他的学生。

　　有一次，晏殊路过扬州，在城里走累了，就进大明寺里休息。晏殊进了庙里，看见墙上写了好些题诗。他挺感兴趣，就找了把椅子坐下。然后，他让随从给他念墙上的诗，可不许念出题诗人的名字和身份。

晏殊听了会儿，觉得有一首诗写得挺不错，就问："哪位写的？"随从回答说："写诗的人叫王琪。"晏殊就叫人去找这个王琪。

王琪被找来了，拜见了晏殊。晏殊跟他一聊，挺谈得来，就高兴地请他吃饭。俩人还一块儿到后花园散步。这会儿正是晚春时候，满地都是落花。一阵小风吹过，花瓣一团团地随风飘舞，好看极了。晏殊看了，猛地触动了自己的心事，不由得对王琪说："王先生，我每想出个好句子，就写在墙上，再琢磨个下句。可有个句子，我想了好几年，也没琢磨出个好下句。"王琪连忙问："请大人说说是个什么句子？"

晏殊就念了一句："无可奈何花落去。"

王琪听了,马上就说:"您干吗不对个——似曾相识燕归来?"

下句的意思是说,天气转暖,燕子又从南方飞回来了,这些燕子好像去年见过面。

晏殊一听,拍手叫好,连声说:"妙,妙,太妙了!"

王琪的下句对得确实好,跟上句一样,说的都是春天的景色。拿"燕归来"对"花落去",又工整又巧妙。用"似曾相识"对"无可奈何"也恰到好处。这两句的音调正好平仄相对,念起来非常和谐好听。

晏殊对这两句非常喜欢,他写过一首词《浣溪沙》,里边就用上了这副联语。

一曲新词酒一杯,去年天气旧亭台。夕阳西下几时回?

无可奈何花落去,似曾相识燕归来。小园

香径独徘徊。

这首词写的是作者在花园饮酒，看到满地落花，心里十分伤感。虽说这首词的情调不太高，不过，写得情景交融，艺术上还是有可取之处的。

晏殊太喜欢"无可奈何花落去，似曾相识燕归来"这两句了，后来他在一首七言律诗里，又用了这两句。这在我国古代诗词作品里，还是不多见的。

张载苦读而作自勉联

张载是北宋有名的哲学家、思想家。他曾经在家乡关中（在陕西省）讲学，他的学说被人们叫作"关学"，是理学（宋、明时期的一种儒家哲学思想）的四大学派之一。张载研究学问特别下功夫，有时候思考问题入了迷，连饭都忘了吃，觉也不睡。他还在自己书房的柱子上，亲手写了一副楹联来勉励自己：

夜眠人静后；

早起鸟啼先。

意思是说，我读书读到深夜，人们全都睡熟了，我才上床休息；清晨，天刚蒙蒙亮，鸟还没叫，我又起来看书了。张载这么刻苦努力，成了我国古代一个有名的学者。

苏东坡写联挖苦势利眼

北宋神宗时候的大学士苏东坡,是位大名鼎鼎的文学家。传说苏东坡有一天到山里去游玩。山清水秀,风景美极了。苏东坡一路看着美景,不知不觉走到了一座古庙前边。苏东坡挺高兴,就进了庙,打算歇歇脚。

庙里管事的住持,看进来的人衣着破旧,可又不能不招呼,便坐在椅子上,待搭不理地冲苏东坡一点头,说:"坐。"又一扭脸对身边的小徒弟说:"茶。"

可住持跟苏东坡一搭上话，就吃了一惊："这人学问不小哇！"马上站起来，把苏东坡让到了客房。一进客房，住持口气也变了，挺客气地对苏东坡说："请坐。"然后又叫小徒弟："敬茶。"住持再一细打听，真没想到，面前的这位就是大名鼎鼎的苏学士！住持吓了一跳，赶紧起来让苏东坡："请上座！"又喊小徒弟："敬香茶！"还一个劲儿地向苏东坡赔不是。

住持一想，难得这位大学士来到庙里，可别错过机会。他就满脸堆笑地冲苏东坡说："久闻学士的大名，今天您到这儿来，就请给庙里写副对子吧，贴出来，我们脸上也有光彩。"

苏东坡看住持点头哈腰的样子，觉得又可气又可笑。他顶看不起这号势利眼了，一听住持想要个对子，就"嘿嘿"笑了几声，说："行，

行。"苏东坡拿起笔来,"唰唰唰"一会儿就写好了一副对子:

坐,请坐,请上坐;

茶,敬茶,敬香茶。

写完,苏东坡把笔一放,扬长而去。住持过来一瞧,脸臊得红一阵儿白一阵儿的。

只许州官放火；不许百姓点灯

宋朝有个州官，叫田登。他欺压百姓，横行霸道，蛮不讲理。他还有个毛病，顶恨别人直接说出他的名字，认为这是"犯上"，对自己太不尊敬了。不单"登"字不许说，就连那些跟"登"一个音的字，像什么"噔""灯"也不许人家说。要是手下人没留神，说出了"dēng"这个音，田登二话不说，马上叫人把这位拉下去，狠狠地打一顿屁股。这么着，手下人没一个敢说"dēng"了。

这年正月十五（民间俗称灯节），田登让人在城里贴出了告示（布告），上面写着："本州依例放火三日。"

怎么"放火"三日呢？原来，本来应该写上"放灯三日"（"放灯"，就是元宵节晚上家家户户点上花灯），可这"灯"不是跟"登"同音嘛，谁还敢写"放灯"呀？这么着，满处的告示上，都写成了"放火三日"！

老百姓一看，又是气又是笑。过个灯节，连"灯"字都不准提，这叫什么世道！有人就借这个事儿，干脆编了一副对联：

只许州官放火；

不许百姓点灯！

这两句，后来成了个成语，一直流传到今天。人们常拿这两句话，形容那些横行霸道、欺压百姓的坏官儿。

"青山有幸"和"白铁无辜"

美丽的杭州西湖旁,有一座岳王庙,精忠报国的岳飞就埋在这儿。

岳飞墓前,有四个用铁铸成的人像,跪在地上。这四个铁像是四个坏蛋,其中两个是害死岳飞的奸臣秦桧和他的恶老婆王氏,另外两个是秦桧的走狗万俟卨(mò qí xiè)和张俊。墓前有这么一副对联:

青山有幸埋忠骨;

白铁无辜铸佞臣。

这副对联是清朝的一个姓徐的女子写的。看到这副对联的人,都夸徐姑娘写得好。对联好就好在,写出了人们对英雄的爱和对奸贼的恨。你看,民族英雄岳飞被昏君奸臣害死了,尸骨埋在西湖山上,这儿的青山也觉得光荣——"有幸埋忠骨";而那四个坏蛋的铁铸跪像,多少年来一直被千人啐万人骂,连铸他们的白铁(生铁)也觉着自己太倒霉了——"无辜铸佞臣"。徐姑娘把"青山""白铁"写得好像也有了人的感情(这叫"拟人"手法),懂得爱谁、恨谁,这么写,显得特别生动。

在秦桧和他老婆的跪像前边,还有这么一副对联,是用这两个坏蛋互相埋怨、对骂的口气写的,更有意思:

唉!仆本丧心,有贤妻何至若是?

啐!妇虽长舌,非老贼不到今朝!

上联是以秦桧的口气写的：

"唉！我本来就是个丧良心的东西，可身边要是有个好媳妇，兴许也不至于没完没了地老在这儿跪着吧？"

下联是用秦桧老婆的口气回答说：

"呸！虽说我是个爱嚼舌头的女人，可要不是因为你这个老贼，我怎么会老陪你跪着挨人啐！"

两个坏蛋的两副丑相，被写得活灵活现。

秦桧有个后代叫秦润泉，是清朝乾隆年间的状元。有一天，他跟几个朋友到西湖去玩儿，来到了岳飞墓。一个朋友给他出了个难题，让他给秦桧两口子的铁跪像题一副对联。秦润泉看着他老祖宗秦桧的跪像，心里真不是滋味儿，又是恨又是臊，他拿笔写了这么一副对子：

人从宋后羞名桧；

> 我到坟前愧姓秦。

意思是说，打宋朝的秦桧害死了岳飞以后，连"桧"这个字也臭名远扬了，再也没人起名叫"桧"了。今天，我站在了岳飞坟前，觉着自己姓秦桧的"秦"，也真没脸。（当然，秦桧的罪恶和他的后代以及姓秦的人毫无关系。）

这副对联还是个嵌字联，末尾嵌上了"秦桧"两个字。秦涧泉是在说，我都替老祖宗"秦桧"感到又"羞"又"愧"！

小高明答对讽客

高明是元末明初人，是有名的戏剧作家。《琵琶记》这部剧作就是他创作的。高明在元末考上了进士，当过小官，后来辞官不干了，隐居起来专门写作。明初，明太祖朱元璋听说了他的大名，请他出来做官。高明就借口自己"年岁大了，一身的病"，没有去。

高明从小就聪明好学，特别喜欢对对子。六七岁的时候，有一天家里请了个客人来吃饭。饭菜摆好了以后，父亲有事出去了，屋里就剩下了高明和客人。看着桌上摆着好吃的,小高明忍不住了,就偷偷抓了一把,往嘴里塞。客人看着挺生气,心想:我这个客人还没吃呢,你这小家伙倒抢先了。

等到正式吃饭的时候,客人对高明的父亲说:"听说您这个儿子挺会对对子,我出个上联,让他试试。"客人就说:

"小儿不识道理,上桌偷食;"

高明一听,这个客人也真是的,当着父亲的面揭自己的短,就不客气地对了一句:

"村人有甚文章,中场出对。"

对句里的"村人",在这儿的意思是没知识的粗鲁人。客人一听这孩子骂自己是"村人",更有气了,接着说:

"细颈壶头,敢向腰间出嘴;"

意思是说,你这"小壶嘴"敢跟我这个"大

壶身"斗嘴！小高明马上对了个：

"平头锁子，却从肚里生锈。"

高明挖苦客人是一肚子"铁锈"，没什么正经学问。

高明的父亲一看客人的脸都气白了，就赶紧拿话岔开了。

小解缙写联斗尚书

解缙是明朝初期有名的才子,当过明成祖朱棣的大学士,还主编过我国第一部大型百科全书——《永乐大典》。

解缙的父亲是个读书人,母亲也识文断字。他从小就受到父母的严格教育,加上自己聪明好学,十几岁就成了个"小才子"。

解缙14岁那年的除夕,家里打算写副春联,初一一早贴出去。他家的对门住着个姓曹的尚书。曹家阔气极了,院子里栽了一大片竹子，竹子高出墙头，从外面一看，绿绿的惹人爱。解缙就借这个景儿，写了副春联，第二天早上贴到了门外。春联写的是：

门对千根竹；

家藏万卷书。

谁知，这副对联让曹尚书看见了。他来了气，你小小的人家也配说"家藏万卷书"？我让你的春联贴不住！他就喊家里那些仆人，把院里的竹子全给砍了"头"——削去了半截儿，从院墙外边看不见竹子了。曹尚书想：这下我看你还怎么个"门对千根竹"？

小解缙一出门，见曹尚书家挺好的竹子一下全没了"脑袋"，就明白了是怎么回事，心里挺好笑。他脑瓜儿一转，有了主意，进了家，不慌不忙地又写了两个字，接在门外春联的下边，就成了：

门对千根竹短；

家藏万卷书长。

曹尚书一看，气坏了：我把竹子连根拔了，叫你"短"不成！他又喊来仆人，让他们喀里咔嚓把竹子拔了个精光，还把这些带根的半截儿竹子，全扔到了院外。解缙看了，更笑了，心想：你这个堂堂的曹尚书，净跟我小孩子斗气，我还得气气你。他又写了两个字，门外的春联就又长出了一截儿，成了：

门对千根竹短无；

家藏万卷书长有。

曹尚书一看，气得直翻白眼儿。好嘛，我家的竹子越来越短，末了儿，连根拔了；可你家的对联倒越贴越长！可惜了我这一大片好竹子，全让这副春联给毁了。

于谦巧对

于谦是明朝著名的民族英雄。他六七岁的时候,就念了好多书,特别会对对子。有一天,母亲给他头上梳了两个小抓鬏(jiū,头发盘成结)。梳好头,于谦就上学去了。

到了学堂,于谦碰上了一个叫蓝古春的和尚,蓝和尚一看小家伙梳的头发挺逗人,就对于谦开玩笑说:

"牛头喜得生龙角;"

意思是说,你这个牛脑袋上怎么长出了两

个龙犄角？小于谦听了很不高兴，马上回敬了一句：

"狗口何曾出象牙！"

意思是说，你的狗嘴里吐不出象牙来——说不出好话。一下子，蓝和尚被噎得目瞪口呆。

第二天，于谦对母亲说："您别给我梳两个抓鬏了，让人说笑。"母亲就给他在脑瓜顶上梳了三个发结。于谦来到学堂，又碰上了蓝古春。蓝和尚见于谦头发样子变了，就又说了一句：

"三角如鼓架；"

意思是说，你脑袋上的三个杈儿就像鼓的架子。于谦看了看蓝和尚的秃脑袋瓜儿，马上对了一句：

"一秃似擂槌。"

意思是说，你这秃脑袋活像一个大鼓槌儿。

蓝和尚听了，哭笑不得，可心里还真佩服小于谦的聪明劲儿。他对于谦的老师说："这小家伙不简单，以后准是个人才。"

过了几年，朝廷派来几个大官到这儿来视察。他们走进一座大庙，坐在正殿里，两边坐着地方官，门外还有两溜儿官兵列队站岗，还真够气派的。大官们叫来了本地的学生，想要考考他们的学问。一个大官指着庙里的佛像说："我就用这些出个上联，你们来对。"他就说了：

"三尊大佛，坐狮、坐象、坐莲花；"

这个上联说的是庙里的三尊佛像和他们坐着的东西：释迦牟尼佛坐在莲花座上，文殊菩萨骑狮子，普贤菩萨骑大象。合到一块儿，就是：三尊大佛，坐狮、坐象、坐莲花。

县官想，不能随便叫人对，对错了，我不也跟着倒霉吗？他早听说于谦聪明好学，岁数不大，可学问在学堂里是数一数二的。县官就指着于谦说："让这个小秀才对个下联吧。"于谦走到前边，张嘴就对了一个下联：

"一介书生，攀凤、攀龙、攀桂子。"

"一介书生"就是一个书生，是说于谦自己。后半句呢，是说我要骑上凤，骑上龙，飞上天（传说月宫中有桂树。古人用"攀桂"比喻考上进士）。大官看于谦小小年纪，志向挺大，高兴得连连说好。

于谦出了庙门，门外的军官小声问于谦："小秀才，你刚才对的是什么？我没听清。"于谦看了这伙气势汹汹的官兵一眼，就说：

"两卫小军，偷狗、偷鸡、偷苋菜！"

意思是说，你们这伙官兵，不是偷鸡就是摸狗，整天的祸害老百姓！小于谦说完，手往身后一背，摇晃着脑袋走了。

唐伯虎的谐音异字对儿

唐寅,又叫唐伯虎,是明朝有名的文学家、书画家。唐伯虎性情豪放,爱喝酒。有关他的故事,流传下来不少。他年轻的时候,跟一个号称"狂生"叫张灵的邻居十分要好。俩人常凑到一块儿饮酒作乐。

有一次,唐伯虎和张灵穿得破破烂烂的,装成两个要饭的叫花子,上山去玩。走到山脚下,俩人看见几个秀才坐在亭子里,一边喝酒一边作诗。唐伯虎冲张灵挤了挤眼,俩人就凑了过去。

唐伯虎对秀才们说:"诸位作诗,我们俩能不能也诌上几句啊?"秀才们看他俩那份穷相,心里直好笑,打算拿他们开开心,于是答应了。

唐伯虎拿笔在纸上写了个"一"字,张灵接着写了个"上";唐伯虎又写了个"一",张灵又写了个"上"。连在一起是"一上一上"。秀才们看了哈哈大笑,这叫哪门子诗呀?唐伯虎没理会,接着又写了三个字"又一上",然后拉起张灵就走。

秀才们赶紧把他俩拦住了,让他们接着把诗作完。唐伯虎说:"我们得喝足了酒,才能作好诗。"秀才们想看看他俩还出什么洋相,就给他们倒满了酒。俩人一饮而尽。张灵再写了个"一上"。秀才们笑得东倒西歪:"闹了半天，这两位'才了'敢情就会写'一上'啊！"唐伯虎不管他们的哄笑，自个儿又喝了一大杯酒，然后提笔嗖嗖嗖，一气续成了一首七言绝句：

一上一上又一上，一上上到高山上。

举头红日向云低，万里江天都在望。

秀才们一看，吃了一惊，没想到这个叫花子还真不简单。再一回头，只见唐伯虎和张灵摇头晃脑，哈哈大笑地走了。

这一天，唐伯虎和张灵出去游玩，又喝了个大醉，张灵趁着酒意，说了个上联：

"贾岛醉来非假倒；"

贾岛是唐朝后期的诗人，那个有名的"推敲"故事，讲的就是贾岛。张灵在这儿用了谐音异字，拿了个古人的名字——贾岛，来说他俩当时醉得东倒西歪的模样（"非假倒"——

要真倒），还真挺恰当。

唐伯虎听了，稍微一琢磨，马上对了一句：

"刘伶饮尽不留零。"

刘伶是西晋有名的文人，顶能喝酒了。唐伯虎也用了谐音异字，拿刘伶的名字来形容他俩喝得滴酒不剩的样子（"不留零"——一滴不剩），太合适了。

明朝使臣妙对朝鲜国王

明朝跟朝鲜十分友好,两国时常派使臣互相访问。有一次,明朝皇帝派翰林唐皋作为使臣去朝鲜访问。

朝鲜国王特别喜好中国文学,对汉字也挺有研究。他看唐皋是个有学问的使臣,就出了个对子,请唐皋来对下联。朝鲜国王的上联是:

"琴瑟琵琶,八大王一般头面;"

"琴瑟琵琶"是几种乐器。每字上头都有两个"王"字,加到一块儿就是八个"王",

这八个"王"又都在字的上头，全是一个模样。这就叫"琴瑟琵琶，八大王一般头面"。

唐皋听了，想了一下，马上对了个下联：

"魑魅魍魉，四小鬼各自肚肠。"

"魑魅魍魉"四个字，左边都是"鬼"字，共有四个"鬼"字，这就是"四小鬼"。"鬼"里边的字又全不一样，这就是"各自肚肠"。

唐皋的下联对得又工整又巧妙，朝鲜国王打心眼儿里佩服，对唐皋招待得特别热情。

叫花子巧对祝枝山

祝枝山是明朝中期有名的书法家、文学家。有一年夏天,他跟朋友到湖边去玩。湖里的荷叶又圆又大,好些露出了水面,就跟圆圆的绿伞似的。湖里的好多鱼儿都游到荷叶的阴凉下边去凉快。祝枝山看见了,就出了个上联让朋友对:

"池中荷叶鱼儿伞;"

意思是说,湖里立着的圆荷叶,就像一把把给鱼儿打着的伞。说得挺有意思。

朋友琢磨了一下,对了一句:

"梁上蛛丝燕子帘。"

意思是说,房梁上(燕子常在那儿搭窝)的蜘蛛网就像燕子家门口的门帘子。对得也挺有意思。

祝枝山跟朋友说对联,旁边有个老叫花子一直在听着,他想着自己的日子可没鱼呀、燕子呀那么美,他也琢磨了个下联,就在一边凑了这么一句:

"被里棉花虱子窠。"

叫花子是说,我盖的破被,里头的棉花套子全成了虱子的窝了。

祝枝山跟朋友听了,不由得笑了,觉得这个要饭的老头儿,能对出这么个下联,挺不简单。俩人马上掏腰包,把身上的钱全送给了老头儿。

要当"潜龙"不做"雏鹤"

明朝有个大政治家叫张居正,他当过明神宗的首辅,在政治上做了好多改革,是个治国能手。

张居正十来岁的时候,在家乡参加考秀才的"童子试",正好巡抚顾璘来到学堂。顾璘还是个文学家,又特别爱惜人才。他看张居正聪明伶俐,挺不一般,就把他叫了过来,对他说:"会对对儿吗?我出个对子,你来对对。"顾璘就说了这么一句:

"雏鹤学飞，万里风云从此始；"

顾璘是说，你这孩子就像只小鹤，这会儿好好学着飞，将来就能飞万里，干出大事业来。张居正听了，马上对了一句：

"潜龙奋起，九天雷雨及时来。"

张居正是说，我不是小鹤，我是一条还没露面的小龙，将来一飞，就能直冲九天！

顾璘一听就乐了，这孩子小小年纪，志向可真大。顾璘心里一高兴，当时就解下了自己系着的金腰带，送给了张居正，还摸着他的脑袋说："好孩子，有志气。将来准保比我有出息。"

东林党人的一副名联

在江苏无锡的苏家弄这条小巷中,有一座历史悠久的古建筑。这里原来是明朝末年东林党人讲学的地方——东林书院。东林书院过去贴着一副特别出名的对联:

风声、雨声、读书声,声声入耳;
家事、国事、天下事,事事关心。

对联是东林书院的顾宪成写的。无锡人顾宪成、高攀龙都是明朝末年在朝廷里做官。他俩都挺正直,得罪了权力顶大的大太监魏忠贤,后来都被罢了官。他俩就回到了家乡,在东林书院里讲学。

虽说不当官了,可他们还挺关心国家大事。顾宪成还特意写了上面那副对联,贴在书院里,告诉到这儿学习的人:不单要读书,更要关心国家大事。这么着,东林书院的名气越来越大,影响也越来越广。他们还跟朝廷里的好些正直大臣,特别要好。这些大官也都同情他们、支持他们。人们就把这些人叫作"东林党"。

不久,东林党的活动就被魏忠贤一伙知道了。魏忠贤恨得咬牙切齿,就向东林党人开刀了。顾宪成在前几年已经死了,魏忠贤就把其他东林党领袖杨涟、左光斗、高攀龙等人都杀害了,还把东林书院给拆了。书院里的那副对子,却到处流传。人们都敬佩东林党人爱国家、敢斗争,不怕邪、不怕死的献身精神。

黄鹤楼的一副楹联

黄鹤楼坐落在湖北武昌的蛇山之巅,早在三国时就有了。传说,蜀国名臣费祎在这座楼上坐着一只黄色的仙鹤飞走了,成了"仙人"。打那时起,这座楼就被人们叫作"黄鹤楼"。

到了唐朝,好多文人都到这儿来玩,还写了不少诗。最有名的要数崔颢题写的《黄鹤楼》了。这首诗的前几句是:

昔人已乘黄鹤去,此地空余黄鹤楼。

黄鹤一去不复返,白云千载空悠悠。

唐朝大诗人李白后来也到黄鹤楼来玩，他正准备题诗，一眼看见墙上崔颢先前题的诗，不由得连连夸奖说："好，写得好！"李白就把手里的笔撂下，对旁边的人说："眼前有景道不得，崔颢题诗在上头。"意思是说，眼前的美景实在太好了，可我不能再写黄鹤楼的诗了，因为崔颢在这儿已经写出了最好的诗。

到了清朝，有人就根据这个故事，在黄鹤楼上写了这么一副楹联：

恨我到迟鹤已去；

怪人早来诗先传。

黄鹤楼过去毁了好多次，也重修了好多次，最后一次被烧掉是在清朝末年，一直没能修复。20世纪80年代，武汉人民又重建了黄鹤楼。新建的黄鹤楼飞檐五层、高大雄伟，金碧辉煌、光彩夺目，煞是壮观。

台湾郑成功庙的一副对联

台湾有五六十座郑成功庙,其中要数台南市的郑成功庙最有名了。这座庙里的大殿中,有高大的郑成功塑像,庙里的一棵古树,传说是郑成功当年收复台湾以后,亲手种的。庙里有一副有名的对联:

由秀才封王,为天下读书人别开生面;
驱异族出境,语中国有志者再鼓雄风。

郑成功是收复台湾的民族英雄,他是明末人。当时清军已经占了北京,打下了大半个中国。秀才出身的郑成功，坚决参加抗清斗争。他曾经亲自率领15万大军北伐，可惜没有成功，又退回了厦门。但他的反清活动，极大地振奋了人心，也为读书人做了榜样。这就是上联说的意思。

1661年，郑成功率领部队，驾驶着大小战舰几百艘，浩浩荡荡，向台湾进发。经过9个多月的激烈战斗，他打败了荷兰侵略者，台湾岛重新回到了祖国的怀抱。他为中国的大统一立下了丰功伟绩。

这副对联是清末台湾布政使唐景崧写的。唐景崧非常佩服郑成功，在对联里只用"由秀才封王"和"驱异族出境"短短十个字，就概括了郑成功的经历和历史功绩。联中还号召"读书人"和"有志者"，以郑成功为榜样，打击侵略者，保卫祖国，"再鼓雄风"！

摇手掌答对下联

　　纪晓岚本名叫纪昀，是清朝有名的学者、目录学家，当过乾隆皇帝的礼部尚书、协办大学士。他主编了中国最大的一部丛书——《四库全书》。这部大丛书收各种书有3500多种，一共7.9万余卷，装订成书有3.6万册，总共近10亿字！

　　纪晓岚是个大学问家，他作的对子也挺有名，不少好对联流传到今天。

　　纪晓岚是河北人。有一次，他到南方的杭

州去办事。杭州的一位朋友准备了好酒好菜来招待他。吃饱喝足了，俩人坐着闲聊。朋友对纪晓岚说："你们北方人是不是不太会对对子啊？头年我到北京去，给北方朋友出了这么个上联：

"双塔隐隐，七层四面八方；"

可他们听了，一个个光摇手，不言声。

纪晓岚听了，哈哈大笑，说："其实，他们摇晃手就是回答你了。"看这位朋友还不大明白，纪晓岚也伸出一个手巴掌，跟着说出了这个哑谜下联：

"孤掌摇摇，五指三长两短。"

孤掌，是指一个手巴掌；五个手指，其中有三个相对较长：食指、中指、无名指，另有两个相对较短：大拇指和小拇指，这就叫"五指三长两短"。

对句的"三长两短"跟出句的"四面八方"还都是带数字的成语,对得挺巧。那个朋友这才明白了摇手的意思。

"南北通州"和"东西当铺"

有一年,乾隆皇帝南巡,来到了江苏。这一天,他路过一个城镇叫通州。他忽然想起了北京城附近也有个地方叫通州。他一下想了个上联,叫身边的大臣们来对:

"南通州、北通州,南北通州通南北;"

这个上联用"南""北""通""州"四个字重复组成,想得十分巧妙。大臣们听了面面相觑,大伙儿使劲想各处的地名,差不多把全国的重要地名都过了筛子,可就是想不出个合适的下联。

还是纪晓岚有办法,他没有死抠地名,倒是在方位上动脑子。他一眼看见了街头上挂着"当"字大招牌的当铺,马上想出了下联:

"东当铺、西当铺,东西当铺当东西。"

下联对得十分工整。也是由四个字——"东""西""当""铺"重复组成。

第一个楹联专家的身世联

清朝的梁章钜是大学士纪晓岚的得意门生，后来也成为有名的文学家。梁章钜告老还乡后，把精力全用在了写书上，留下的著作达70多种。

梁章钜博览群书，知识广博，他对对联有特殊的爱好，写了一本专讲对联的书，叫《楹联丛话》。这本书一共有12卷，把对联分成了10类。梁章钜对对联的起源和各类对联的特点都做了研究，书里搜集了好多好联。这本书成了我国第一部研究对联的专著，在我国对联史上占了很重要的地位。以后，他又写了《楹联续话》《楹联三话》，他儿子梁恭辰又写了《楹联四话》。他们父子俩还写了《巧对录》《巧对续录》。梁章钜是我国专门研究对联的第一个学者。

梁章钜70岁的时候，他的好朋友王叔兰送给他一副寿联。寿联书写了他一生的经历和贡献：

二十举乡，三十登第，四十还朝，五十出守，六十开府，七十归田，须知此后逍遥，一代福人多暇日；

简如《格言》，详如《随笔》，博如《旁证》，精如《选》学，巧如《联话》，富如诗集，略数平生著述，千秋大业擅名山。

上联是写，梁章钜20岁的时候，在省里

考上了举人；不到 30 岁，成了进士；40 岁在朝廷里当了礼部主事；50 岁到外省去做太守；60 岁的时候，去广西、江苏当巡抚、总督（清朝把到外省去做总督、巡抚，叫作"开府"）；快 70 岁了，辞官回乡；打这儿起，闲暇的日子多了，过得挺逍遥自在，成了个有福气的人。

下联是写梁章钜的一生著作之多。他写的著作里，简要明了的有《古格言》12 卷，详细的有《退庵随笔》24 卷，广博的有《论语旁证》20 卷、《孟子集注旁证》14 卷、《三国志旁证》24 卷，精密的有《文选旁证》46 卷，巧妙的有《楹联丛话》《二话》《三话》共 18 卷，丰富多彩的有各种诗集；先生擅长写作，一生的著作真是多极了。

下联里的"名山"是个典故，不是指有名的大山，而是指著作。汉朝伟大的历史学家司马迁写完《史记》以后，曾经说过要把这部书"藏之名山"，将来能流传下去。后人就把写书叫作"名山大业"。

李啸村送郑板桥的"三绝"对儿

郑板桥是清朝有名的书法家、画家和诗人。他从小就没了母亲,生活贫苦,可他特别要强,学习努力,乾隆年间考上了进士。

郑板桥在山东当县官的时候,替老百姓办了不少好事,后来他也像陶渊明一样,挂印归隐还乡了。

他在家写字、画画,连带着作诗,靠卖字卖画过日子。他的诗讲究说真话,有股子正气;他的书法糅合了隶书、楷书、行书、草书几种笔体，有独特风格；他的画更有名，特别是兰花、墨竹、怪石这几样儿，画得尤其好。人们把郑板桥的诗、画、书法，说成"三绝"。

有一天，郑板桥正在家里跟几个朋友聊天，他的好朋友李啸村来串门。郑板桥连忙招呼李啸村坐下喝茶。一个客人说："李先生出口成章，作副对联吧。"李啸村笑了，说："我正是送对联来的。"说着，从袖子里掏出一张条幅，上面写着：

"三绝，诗书画；"

客人们一看，写的正是郑板桥，都点头说好，可大伙儿一时谁也想不出个下联。客人们就撺掇郑板桥对个下联。郑板桥摇了摇脑袋说："难对。宋朝那会儿，辽国使臣出了个'三光，日月星'的上联，大学士苏东坡对了'四诗，风雅颂'，人们都说苏学士对得绝。这会儿李兄出的上联也够绝的，大伙儿好好想想，要是对不出来，咱们可都甭吃饭！"

这伙人在屋里抓耳挠腮地想了好半天。郑板桥对李啸村说："李兄，你也给想个下联。"李啸村没言语，笑呵呵地又从袖子里掏出了一张条幅。大伙儿打开一看，上面写的是：

"一官，归去来。"

原来，这正是个下联。"一官"就是指郑板桥，他不是当过县官吗？"归去来"是晋朝有名的文学家陶渊明弃官回家以后，写的一篇文章的题目。这篇文章挺有名，叫《归去来辞》。"辞"是一种文体。"归去来"的意思是：离开闹哄哄的官场，不当官了，回家去！李啸村用陶渊明的事儿，来说郑板桥这会儿的遭遇，是再合适不过了。大伙儿看了下联，都佩服李啸村对得妙。

林则徐少时答对主考官

林则徐是我国近代杰出的爱国者，他当清朝钦差大臣的时候，在广东没收了英、美等国商贩用来毒害中国人的鸦片烟，一共有200多万斤，并把这些毒品在虎门烧了个一干二净。这就是有名的"虎门销烟"。

林则徐小时候，努力好学，功课特别好。有一年，父亲带他去考秀才。参加考试的人挺多，父亲怕挤坏了儿子，就让他骑在自己的肩膀上，往考场里走。主考官远远地看见了，觉

得挺好玩儿,等他爷儿俩走近了,就开玩笑地冲他俩说:

"骑父作马;"

这是说林则徐拿父亲当马骑。周围的人一听,都哈哈大笑。林则徐的父亲挺不好意思,闹了个大红脸。小则徐看父亲这么不自在,马上在肩膀上大声地对主考官说:

"望子成龙!"

意思是说,我父亲这么体贴我,是希望我将来能成个有用的人才。这也是他在替父亲说话呢。

主考官听了,惊奇得不得了。自己随便说了一句,小家伙马上就对出了下句,不单对得挺工整,还真有志气。主考官就笑着对"马"上的林则徐说:"好样的。"父亲也呵呵地笑了。

天下第一长联

我们前边介绍的对联大都是几个、十几个或二十几个字的短联。有没有超过百字的长联呢?有。云南昆明大观楼的楹联,就是顶有名的长联,过去称它是"天下第一长联"。这副长联的作者是陕西人孙髯翁,他生活在清朝乾隆年间。他是个穷诗人,一生郁郁不得志,却因精心编了这副长达180字的大观楼楹联而名留后世。

昆明大观楼楹联全文如下:

五百里滇池，奔来眼底，披襟岸帻，喜茫茫空阔无边！看东骧神骏，西翥灵仪，北走蜿蜒，南翔缟素。高人韵士，何妨选胜登临。趁蟹屿螺洲，梳裹就风鬟雾鬓。更苹天苇地，点缀些翠羽丹霞。莫辜负，四围香稻，万顷晴沙，九夏芙蓉，三春杨柳。

数千年往事，注到心头，把酒凌虚，叹滚滚英雄谁在！想汉习楼船，唐标铁柱，宋挥玉斧，元跨革囊。伟烈丰功，费尽移山心力。尽珠帘画栋，卷不及暮雨朝云。便断碣残碑，都付与苍烟落照。只赢得，几杵疏钟，半江渔火，两行秋雁，一枕清霜。

上联用"五百里滇池，奔来眼底"开头，写出了这风景如画的壮丽河山，表达了作者对祖国的热爱和赞美。这是写"喜"。下联用"数千年往事，注到心头"开头，写出了华夏几千年文明史，同时抒发了自己感慨万端的心情。这是写"叹"。孙髯翁的大观楼楹联写得又长又好，非常有名。

不过，要论长，这副长联还不是最长的。在四川成都的望江楼上，有一副212个字的长联，比大观楼楹联多32个字。对联作者是四川人钟云舫。清朝光绪年间，他因输了官司，被关进了大牢。他在牢里想到自己的不幸遭遇，非常气愤，就写下了一副长联，还在下联的末尾，流露了愤愤不平：

"跳死猢狲，只落在乾坤套里（指自个儿落在豪强的阴谋圈套里）。且向危楼俯首：看、看、看，那一块云，是我的天？"

还有比这长的对联！屈原湘妃祠联就有400字，比望江楼的还多188个字。这副对联是张之洞编写的。张之洞是清末大臣，曾经当过内阁学士。1884年中法战争时期,他是两广总督,重用退休的老将冯子材,大败法军,收复了镇南关、谅山等地。后来,他又当了湖广总督,大办洋务,成了后起的洋务派首领。

张之洞的这副400字长联,写得挺有文采。屈原是战国时期的楚国人,我国古代的伟大诗人。湘妃是传说中的湘水之神,屈原有一首诗就是写她的。张之洞的长联写的就是屈原的事迹和湘妃的故事。

张之洞的400字长联,该是"天下第一长联"了吧?还不是。上面提到的那个钟云舫,他在牢里还写了一副更长的对联,上下联总共1612个字,是张之洞长联字数的4倍多!这副长联,洋洋巨制,简直就是一篇文章。长联的内容是写当地风景,并且借景抒情。上下联这么长,还得完全对仗,真不简单。

古今小说中的对联

　　对联这种艺术形式,从明朝开始兴盛起来,越来越受到人们的喜爱,广泛进入了人们的生活,还直接影响了文人们的小说创作。

　　明清时期,章回小说非常盛行。章回小说就是全书分成若干回,每回有标题,用来概括全回的故事内容。每回的标题——回目,就是对仗十分工整的对联。许多章回小说的故事情节里也常用上对联,或者是描写场景、环境,或者是抒发感情,或者是为了突出主题。这些对联成了小说中不可缺少的组成部分。

比如,《水浒传》第三十八回,写宋江被流放到了九江。一天,他来到浔阳江酒楼,见大门两边挂着两面白粉牌,上面各有五个大字:

世间无比酒;

天下有名楼。

这是一副典型的酒楼楹联。

《说唐》第六十四回,李世民写了一副很有气魄的对联:

双铜打出唐世界;

单鞭撑住李乾坤。

联里嵌上了"李唐",表现了李世民要扫平天下,建立唐王朝的决心。

在曹雪芹写的《红楼梦》这部伟大的作品里,对联多达几十副。这些对联对状物抒情、刻画人物,以及深化主题,有十分重要的作用。

比如第一回"太虚幻境"联：

> 假作真时真亦假；
>
> 无为有处有还无。

作者采用了"真真假假"的手法，来遮人耳目，避免当时统治者的政治迫害。作者也在提醒读者注意，在读这本书的时候，要辨清真假、有无，不要被假象迷惑而看不到反映社会现实的真意。

第十七回贾宝玉为"沁芳"（花园名）作了一副对联：

> 绕堤柳借三篙翠；
>
> 隔岸花分一脉香。

这是一副动人的写景联。

《儒林外史》第二十二回慎思堂联：

> 读书好，耕田好，学好便好；
>
> 创业难，守业难，知难不难。

我们把这副联赋予新的含义，它就是一副好联。

现代小说中，有些也用到对联。比如《红岩》里，革命志士为牺牲的难友龙光华献上了一副挽联：

> 是七尺男儿，生能舍己；
>
> 作千秋雄鬼，死不还家。

又如：

> 看洞中依然旧色；
>
> 望窗外已是新春。

这副联，则反映了难友们对革命即将取得胜利的喜悦。

缅怀秋瑾烈士联

秋瑾是清末有名的女革命家,因为参加推翻清朝政府的革命活动,不幸被捕。1907年7月15日,绍兴知府贵福在城里的古轩亭口把秋瑾杀害了。当时秋瑾才33岁。

当天深夜,就有人在亭子的柱子上贴出了一副挽联:

悲哉,秋之为气;

惨矣,瑾其可怀!

字面的意思是,悲凉呀,肃杀的秋气;太

惨了，破碎的美玉真让人怀念！上联是借肃杀的秋气，揭露清朝统治者镇压革命者的残暴。下联借美玉的粉碎（"瑾"当"美玉"讲），怀念为革命献身的秋瑾烈士。秋瑾就是一块美玉。特别是，对联里嵌上了"秋瑾"的名字，更显得沉痛感人。

秋瑾牺牲以后，她的好朋友徐寄尘、吴芝瑛，把秋瑾的尸骨埋在了杭州西湖的西泠桥旁。吴芝瑛还亲手写了一副挽联，刻在了墓门上：

一身不自保；

千载有雄名！

短短10个字，概括了烈士舍身为国的高尚精神和永垂不朽的英雄业绩。

孙中山的一副对联

伟大的革命先行者孙中山,为推翻清朝反动统治,先后创建了"兴中会""同盟会"等革命组织。1911年,同盟会领导的辛亥革命推翻了清王朝,结束了在中国延续几千年的君主专制制度。第二年1月1日,中华民国成立了,孙中山被选为临时大总统。可不久,孙中山被反动派逼着辞了职,革命果实被袁世凯窃取了。

往后的十几年里,孙中山为建立自由民主的共和国,进行了好多次斗争,可都失败了。

孙中山为此十分焦虑，但是他的革命信心没有减弱。他写的一副有名的对联就说明这一点：

革命尚未成功；

同志仍须努力。

横批是：

天下为公

这副对联教育和鼓舞了许多革命志士。1924年1月，孙中山在中国共产党的帮助下，在广州召开了国民党第一次全国代表大会，确立了"联俄、联共、扶助农工"的三大政策，实现了第一次国共合作。孙中山为此十分高兴，决心推翻军阀统治。不幸的是，1925年3月12日，孙中山因病逝世了，没有亲眼看到革命的胜利。但是，他的这句名言仍然鼓舞着全国人民继续努力，英勇奋斗。

少年鲁迅上对课

鲁迅小时候,家里送他到"三味书屋"去读书。老师叫寿镜吾,是个老秀才,很有学问。

这天上对课,专门学对对子。先生出上句,学生们对下句。寿先生出了个三字句:

"独脚兽;"

当时,学生们就七嘴八舌地对起来。有的对"二头蛇",有的对"八脚虫",还有的对"九头鸟",真是五花八门,什么都有。

在学生们乱喊乱叫对得正欢的时候,只有

鲁迅没言声。他是在用心琢磨更好的下联。等大伙儿安静了,鲁迅才不慌不忙地说出了自己的下句:

"比目鱼。"

寿镜吾听了,连连点头,夸奖鲁迅说:"好!周树人(鲁迅原名周树人)对得顶好,我出的'独角兽'的'独'字,不是个数,可有'单'的意思;周树人对的'比目鱼'的'比'字,有'双'的意思;拿'比'来对'独'是再好不过了。可见周树人是动了一番脑子的,你们应该好好向他学。"

又有一回,寿先生出了个五字对:

"陷兽入阱中;"

这是说,野兽掉进陷坑里。鲁迅想到了《尚书》里的句子"归马于华山之阳,放牛于桃林之野"(意思是说,在华山的南山坡放马,在桃树林旁边的野地里放牛），马上对出下联：

"放牛归林野。"

鲁迅的下联得到了寿先生的夸奖。

少年鲁迅的对课课本上，画满了表示"优秀"的红圈圈。

五四运动中对联显威力

1919年5月4日,北京爆发了伟大的五四爱国运动。这天中午一点多钟,北京十几所学校的学生3000多人,从四面八方来到天安门开大会,声讨卖国贼曹汝霖、章宗祥、陆宗舆,抗议日本帝国主义攫取德国在山东的权益。

曹汝霖曾经是袁世凯北洋军阀政府的外交次长,袁世凯跟日本帝国主义签订了卖国的"二十一条",他是签字人之一。章宗祥和陆宗舆也是北洋军阀政府里的亲日派,都当过驻日本公使。

爱国学生们开完大会，开始了游行示威。他们来到曹汝霖的住宅——北京东城赵家楼。曹汝霖见势不妙，偷偷躲起来了。学生们抓住了正在曹家的章宗祥，大家气愤难忍，把他揍了一顿，然后放了一把火，烧了曹宅。

北京的学生带了头，全国各地的群众纷纷起来响应。学生罢课，工人罢工，商人罢市。反帝爱国的斗争烈火，一下烧遍了全国。学生的爱国行动遭到北洋军阀政府的镇压，大批学生被捕。人们纷纷集会抗议，游行示威，声援学生。在各个城市里，贴满了反帝爱国的标语口号。对联也成了有力的斗争武器。比如，好些罢市的商店，都在紧紧关着的店门上，贴上了这样的对联：

学生一日不释；

本店一日不开!

齐心救国，岂贪区区之微利？
挽救学生，不释万万不开门！

还有的贴着：

学生含冤，定卜三年不雨；
同胞受辱，可兆六月飞霜！

为国家，今罢市，挽救学生；
实指望，除国贼，还我青岛。

罢课救国，罢市救国，我两界挺身先起；
民心未死，民国未死，愿大家努力进行。

对联写出了人们在为被捕的学生大鸣不平。

至于斥骂汉奸卖国贼的对联，就更多了。比如：

锄奸意在寒奸胆；

爱国血溅卖国贼！

还有一副写的是：

四金刚捧日，的是可杀；

众商行罢市，尤须坚持。

"四金刚"指段祺瑞（亲日派军阀头子）、曹汝霖、章宗祥和陆宗舆；"日"指日本帝国主义；"的（dí）是"，的确应该的意思。

有一家帽子店贴出了这样的对联：

大家舍却头颅，去拼国贼；

不必到我店中，来买帽子。

上海有座庙叫白云寺，庙门前有块大匾，上面写着"普天同庆"四个大字。人们把"庆"字换上了"愤"字，变成了"普天同愤"！还有人在大门两边贴上了这么一副对子：

学生被捕神流泪；

贼奸窃国鬼兴悲。

这些对联团结人民，打击敌人，在当时发挥了很大作用。后来，在全国人民的坚决斗争下，北京政府不得不撤了曹汝霖、章宗祥、陆宗舆三人的职务，还把抓起来的学生全给放了。五四爱国运动取得了胜利，各商店纷纷开张营业，还换上了新对联贴在门上：

共争青岛归还，同看国贼罢黜；

欢呼学生复课，庆贺商店开门。